CW01664990

L'art de péter

Pierre-Thomas-Nicolas Hurtaut

L'art de péter

Essai théori-physique et méthodique à l'usage des personnes constipées, des personnes graves et austères, des dames mélancoliques et de tous ceux qui restent esclaves du préjugé

Édition établie et présentée par Antoine de Baecque

PETITE
BIBLIO
PAYOT

Retrouvez l'ensemble des parutions
des Éditions Payot & Rivages sur
payot-rivages.fr

© Éditions Payot & Rivages, Paris, 2006, 2011

PRÉFACE

« Pisser sans péter, c'est aller à Dieppe sans voir la mer. »

Pierre-Thomas-Nicolas HURTAUT

En 1751, paraît anonymement un petit essai érudit et amusant, *L'Art de péter*, sous-titré, de façon non moins facétieuse : *Essai théori-physique et méthodique, à l'usage des personnes constipées, des personnages graves et austères, des dames mélancoliques et de tous ceux qui sont esclaves du préjugé*. La localisation de l'éditeur est également fantaisiste : « En Westphalie, chez Florent-Q, rue Pet-en-Gueule, au Soufflet. » Et l'avis au lecteur fait figure de pétition de principe : « Il est honteux que, depuis le temps que vous pétez, vous ne sachiez pas encore comment vous le faites, et comment vous devez le faire. On s'imagine communément que les pets ne diffèrent que du petit au grand, et qu'au fond, ils sont tous de la même espèce : erreur grossière. Cette matière que je vous offre aujourd'hui, analysée avec toute l'exactitude possible, avait été extrêmement négligée jusqu'à présent ; non pas qu'on la jugeât indigne d'être maniée, mais par ce qu'on ne l'estimait pas susceptible d'une certaine méthode et de nouvelles découvertes. On se trompait. Péter est un art, et, par conséquent, une chose utile à la vie. Il est en effet plus essentiel qu'on ne pense ordinairement, de savoir péter à propos. »

Plusieurs fois réédité au XVIIIe et au début du XIXe siècle, ce texte est rapidement devenu un classique de la littérature comique, scatologique et pseudo-médicale, dont les passages les plus stimulants ou les plus crus étaient lus, parfois, après les soupers des salons, forme de mondanité du rire et du libertinage assez caractéristique du temps.

Le livre, d'une centaine de pages, est organisé « avec règle et goût » selon quatre parties. D'abord, une sorte de définition du pet « proprement dit » et de ses différences d'avec le rot. C'est la part plus directement médicale et anatomique du volume, décrivant les « vents qui [nous] parcourent » avec une précision à la fois aléatoire et désinvolte : à savoir très peu convaincante pour la médecine, mais très amusante pour les esprits mal tournés que sont les habitués des salons.

Ensuite, une forme de taxinomie des pets, classements, hiérarchies, catalogues essentiellement composés selon la « musicalité des pets ». Où l'on découvrira qu'il existe des « pets diphtongues » et d'autres « plénivocaux », des pets « épais, muets ou composés », voire des « pets féminins » et, *a contrario*, des « pets de maçon » très masculins. Ainsi que les différentes manières d'en prolonger, d'en moduler, ou d'en minorer les sonorités. La troisième partie est un recueil d'anecdotes et d'histoires de péteurs et de péteuses, à travers les civilisations et les âges. Placés sous la protection du dieu Pet égyptien, ils vivent quelques aventures ou mésaventures à chaque fois propices à une morale, plutôt tolérante, voire libertaire. Ainsi de cette « femme qui n'avait plus pété depuis douze ans par coquetterie » et qui « est morte de s'être trop retenue », illustrant on ne peut mieux l'idée très éclairée qu'être « esclave du préjugé » peut coûter cher.

La dernière partie, la plus ambitieuse, veut établir une véritable politique du pet en dressant la liste de ses avantages en société et de ses usages « utiles à faire progresser la civilisation ». L'idée majeure en est que le pet, bien lâché, est une arme sociale, celle qui « remet les gens à leur place », notamment les gêneurs et les fâcheux. « Dans un dîner, au salon, un pet échappé au bon moment et fort à propos arrête tout court un babil assassin et le plus ennuyeux du monde. » La conclusion de cette histoire de l'usage politico-social du pet propose rien moins qu'une réinterprétation du monde à travers l'art de péter : « L'harmonie pétifique interdit les prudes, déride les graves, fait rire les misanthropes, égaye enfin les esprits. » Une société tout entière organisée autour de ses péteurs, voilà l'utopie rêvée enfin réalisée.

Assumons notre mauvais goût en historien. Si le sujet de *L'Art de péter* n'est pas si essentiel que cela à la virtuosité de cette langue qui sait jouer d'infinies variations sur du vent, s'offrant au lecteur telle une farandole brillante de mots et de styles, il n'en est pas moins vrai que tout s'organise, ici, autour du pet. Et puisque les domaines du champ merdifique sont immenses, posons comme paradigme que cette matière est assez précisément révélatrice de son temps, à travers sa langue, ses habitudes, ses mœurs, ses phobies normalisées et ses éclats de rire. Les éboueurs du verbe deviennent les insolites reflets de leur époque. Ce que Louis-Sébastien Mercier reconnaissait à sa façon dans *Le Tableau de Paris*, juste avant la Révolution : « Il est impossible de vivre dans cette grande ville sans être maculé par la pelle du boueur ou par la langue de la bassesse [1]... »

Associant ainsi l'excrément et les mots multiples qui le disent tout en l'évitant, le font sentir tout en lui conférant érudition, histoire, comique, utilité sociale, l'écrivain du XVIIIe siècle n'est pas si éloigné du philosophe d'aujourd'hui, Slavoj Zizek, qui, dans un éclair de lucidité confinant au génie, réinterprète les trois grandes idéologies nationales de l'Occident en fonction de leurs usages de la merde [2]. Le sujet permet cet excès jubilatoire : une pensée qui s'élance à partir des objets les plus triviaux. Zizek observe ainsi trois manières de traiter les excréments : à la française (trou à l'arrière des toilettes avec évacuation quasi immédiate), à l'allemande (trou à l'avant avec présentation de l'étron sur socle), à l'américaine (la merde flotte

1. Louis-Sébastien Mercier, *Le Tableau de Paris*, Paris, Mercure de France, 1994, vol. I, p. 867.

2. Slavoj Zizek, *La Subjectivité à venir. Essais critiques sur l'obscène*, Castelnau-le-Lez, Climats, 2004.

dans l'eau). L'intellectuel slovène lie ces pratiques à une lecture hégélienne de l'histoire : la France, pays révolutionnaire, de la merde fait table rase ; en Allemagne, terre de la métaphysique contemplative, elle se trouve inspectée avec la rigueur de l'être-là ; aux États-Unis, empire du pragmatisme, elle reste entre deux eaux, symbole de l'hygiène, du confort et de la vanité réunis.

Assez vite, *L'Art de péter*, paru anonymement, est attribué à un auteur particulier, Pierre-Thomas-Nicolas Hurtaut, trente-deux ans lorsqu'il publie son traité, l'un de ses premiers livres. Fils d'un marchand de chevaux, destiné au commerce par son père, il se révèle au contraire littérateur et se fait bientôt professeur de latin à l'École militaire. Son premier ouvrage, en 1748, *Le Voyage d'Aniers* (Asnières), est un récit intensément exotique qui mène au village ornant la campagne de l'Ouest de Paris. Dédié à la « belle madame de *** », le voyage vire au poème libertin et babillard, bientôt « récit de nos amusements ». Ceux-ci sont de deux ordres : aimer, et s'en féliciter, mais aussi – et déjà – péter, et savoir en parler ou en rire. L'auteur joue « au jeu de P... », et ne cesse de mêler ses ardeurs pétomanes, poétiques et amoureuses. Ce sont la langue et le jeu sur les mots qui fondent évidemment ce mêlement, comme Hurtaut le laisse entendre habilement en latiniste et grammairien distingué : « Je brûle *in petto* d'une amoureuse ardeur », lâche-t-il à sa belle.

Hurtaut est un technicien de la langue, sachant la manier à propos de sujets très divers [1]. Le pet, évidemment, mais aussi l'histoire (il a publié en 1775 un abrégé historique sur les rois mérovingiens), l'allégorie (une *Iconologie historique des souverains d'Europe* en 1774), la ville de Paris (un *Dictionnaire historique de la ville de Paris*, en quatre volumes, avec son collègue Magny, paru en 1779 et qui fit longtemps référence). L'érudition est son arme favorite, mais il sait également composer des poèmes de cour, livrant comme tant d'autres, en 1770, une ode « à la beauté de

---

1. Principaux ouvrages de Pierre-Thomas-Nicolas Hurtaut : *Le Voyage d'Aniers* (1748), *Coup d'œil anglais sur les cérémonies du mariage* (1750), *L'Art de péter* (1751), *Essais de médecine sur le flux menstruel* (1754), *Le Pacte du destin* (1770), *Abrégé historique et portatif des rois mérovingiens* (1775), *Dictionnaire des mots homonymes de la langue française* (1775), *Dictionnaire historique de la ville de Paris et de ses environs* (1779).

Marie-Antoinette et à la sagesse de la royauté française » tandis que le dauphin épouse la princesse autrichienne. Son grand œuvre reste cependant son habile *Dictionnaire des mots homonymes de la langue française* (1775), où il fait montre d'une réelle virtuosité concernant le maniement des ambiguïtés du vocabulaire et de la prononciation du français. Comme il l'écrit dans un avertissement, « connaître et comprendre ces mots dont la prononciation est la même et la signification différente, permet de savoir sentir cette langue et ses nuances intermédiaires ». Hurtaut est en effet un sensualiste de la langue, et aime à en faire varier les effets autour d'un motif central obsessionnel, le corps et ses « humeurs ».

Outre les vents du corps, Hurtaut s'est longuement intéressé, en 1750 et, surtout, en 1754, soit juste avant et après son *Art de péter*, aux caractéristiques psychologiques et physiologiques des femmes. Son *Coup d'œil anglais sur les cérémonies du mariage, avec des notes et des observations historiques et critiques pour ou contre les dames*, illustre la plupart des clichés d'époque sur la nature féminine, passant en revue toutes les manières de les (mal) marier à travers le monde. Mais ses *Essais de médecine sur le flux menstruel* vont plus loin encore dans l'exploration du « mystère féminin », puisque l'homme de lettres se prend pour un médecin et propose, sans qu'on sache tout à fait s'il est sérieux, s'il veut intéresser, faire peur ou déclencher le rire, une théorie des règles entièrement fondée sur l'« appétit vénérien ». Ce seraient ainsi les « stimuli amoureux » qui rendraient les menstrues précoces et abondantes, « excitant les fibres musculaires de la matrice à la contraction », puisque l'on sait, avec Hurtaut, que « les femmes libidineuses ont leurs règles plus promptement, plus abondamment et plus fréquemment que celles qui sont d'un tempérament froid ». On remarque chez le littérateur ce plaisir d'écrire scientifiquement n'importe quoi, forme suprême d'une parodie en vogue de la langue médicale : « Lorsque la femme ressent les appétits amoureux, la matrice éprouve un gonflement qui dépend de l'extravasation du sang dans le tissu spongieux, lorsque, par la contraction des nerfs, le sang ne peut plus retourner par les veines. Or ce sang extravasé reste dans la substance cellulaire, distend les fibres du même nom, et forme des sinus et des infractuosités de plusieurs figures, erre contre toutes les lois de la circulation dans la substance capable de distension, jusqu'à ce que les extravasations étant réitérées, il s'augmente jusqu'à irriter les fibres musculaires de la matrice, de les exciter à la contraction, et enfin d'être expulsé. » CQFD. Cette langue du mimétisme scientifique est donc d'autant plus ridicule, et comique, qu'elle est sérieuse. C'est, à peu de chose près, la même ressource linguistique qu'exploite Hurtaut avec les vents du corps humain dans son *Art de péter*.

Largement méconnu, l'auteur n'a pas bonne réputation. Pour certains, Hurtaut est un « littérateur bizarre [1] » ; pour d'autres, spécialistes de la chose scatologique – tel Pierre Jannet et sa *Bibliotheca Scatologica* de 1850 –, il n'est qu'un plagiaire. Jannet relève sept éditions et rééditions successives de *L'Art de péter* entre 1751 et 1832, et s'en désole. Car, argumente-t-il, Hurtaut n'a fait que « traduire la dissertation latine » *De peditu ejusque speciebus*, traité anonyme publié en 1628, à Hanovre, dans un énorme recueil de textes facétieux compilé par l'érudit grivois allemand Gaspard Dornau. Ce *De peditu*, « Du pet », est lui-même inspiré par la rêverie rabelaisienne qui imagine Pantagruel dénichant dans la librairie de Saint-Victor un

---

1. *Dictionnaire des lettres françaises*, vol. XVIIIe siècle, François Moureau (dir.), Paris, Fayard, 1995.

Ars honeste pettandi in societate, et par l'opuscule publié en 1582 par le médecin et musicien Jean Fyens, *De flatibus*. Cette querelle en pillage semble vaine, puisque Pierre-Thomas-Nicolas Hurtaut, en homme de son temps, a essentiellement adapté un court texte paru plus d'un siècle auparavant, l'agrémentant de réflexions et exemples de son cru, faisant de multiples références à des événements récents, forgeant des anecdotes de péteurs, et puisant dans ce lieu commun qu'est, à travers les âges et les livres facétieux, le corpus insondable des réflexions et des histoires sur les « courses en dedans » et la « gymnastique interne » des vents et des flux intestinaux. Hurtaut, comme l'indique Jannet, n'est qu'un de ces nombreux « numismates du bas-ventre étudiant la médaille gastronomique sur son revers », un de ces spécialistes du « démanger » comme il y en a tant par ailleurs du « manger ». Il sera du reste pillé à son tour, par exemple par le recueil *Peteriana, ou Manuel théorique et pratique de l'art de péter, vesser et roter, le tout rédigé par un merdeux*, paru en 1803, qui n'est qu'une reproduction à peine maquillée du texte de 1751.

Sans remonter aux classiques, Cicéron, Minutius Felix et sa dissertation sur le *crepitus*, Suetone, Horace, Aristophane ou Pythagore, puis Saint-Augustin et Rabelais, consacrant chacun un chapitre ou quelques lignes de leur œuvre à l'acte flatulant, Jannet lie la densité de la littérature pétomane en France à une ancienne coutume de la royauté qui entraînait les tribunaux monarchiques, le jour de mardi-gras, à faire plaider par l'un des avocats en vue devant les juges assemblés une « cause dont la matière fut propre à s'égayer ». Ces « causes grasses » semblent avoir donné au pet, et à son verbe nombreux, ses lettres de noblesse littéraire.

Car c'est bien là le véritable contexte qui accueille et explique la « traduction-rédaction » de *L'Art de péter* par Hurtaut en 1751. En ce milieu du XVIIIe siècle, de semblables recueils foisonnent, et les assemblées mondaines, de même que les lectures savantes, individuelles ou en société, sont prêtes à leur réserver du succès. Hurtaut ne se serait pas plongé dans les anciens recueils de facéties grivoises, ni dans les livres de Rabelais, s'il n'avait pas pensé tenir là un filon susceptible d'en faire un jeune littérateur à la mode. Bravant le ridicule du vulgaire, il s'essaye à la langue des vents et à la littérature de la matière car il se sait entouré, presque encouragé, par les traités et les recueils d'un genre merdifique qui se démultiplie.

« Depuis longtemps la matière fécale/Est un sujet qu'on hésite à traiter./Gloire à vous qui venez la réhabiliter ! », lance ainsi un zélateur anonyme à « messieurs les auteurs de la bibliothèque scatologique[1] ». Hurtaut est dans la bibliothèque. Comme le sont les auteurs de *L'Origine du pet* (1727), *Le Pet en bec*, parade en vers de 1744, *Le Pet rentré* et *La Pétarade*, « contes napolitains » du milieu du siècle, *Le Zéphyr ou l'artillerie de la société des francs péteurs* (1743), *La Défense du pet* (1752), ou Vadé, Marchand et Nogaret, écrivains du théâtre de foire, avec *Le Marchand de merde*, *La Foiropédie, almanach des chieurs*, *Le Vuidangeur sensible*, mais encore certains littérateurs anonymes qui ont laissé *L'Ode à la merde*, *Merdiana*, ou *L'Art de chier*, *L'Art de se débarrasser du superflu des aliments*, *La Chézonomie ou l'art de chier*, autant de variations sur l'essai attribué à Jonathan Swift, *L'Art de méditer sur la chaise percée*, traduit en français dès 1743. On trouvera aussi, dans les rayonnages du genre, *Berthe ou le pet mémorable*, *La Crépitonomie ou l'art des pets*, *La Défense du pet pour le galant du carnaval*, *La Description de*

1. Pierre Jannet, *Bibliotheca Scatologica*, Paris, 1850, dans la « Dédicace ».

six espèces de pets ou six raisons pour conserver la gaité (1774), *Le Dieu des vents ou les aventures d'Éole métamorphosé en pet* (1776), la *Dissertation sur le dieu Pet*, la *Dissertation sur quelques effets de l'air dans nos corps* (1791), l'*Éloge des pets ou le farceur en compagnie chantant sa maîtresse qu'il compare à un étron fumant*, *L'Esclavage rompu ou la société des francs péteurs*, l'*Essai théorique et pratique de pneumatologie*, les *Histoires et aventures de milord Pet*, conte allégorique de 1755, *Les Malheureux amours de M. de Pet-en-haut et de mademoiselle Vesse-d'en-d'sous* (1786), les *Moyens de soulager les inconvénients produits par les vents* (1778), *Le Pet académique* (1762), récit d'une séance d'académie durant laquelle un savant se fait entendre de manière peu académique, *Le Pet à vingt angles*, autre parade du célèbre auteur de foire Thomas Gueulette, *Les Vents*, essai poétique paru au début de la Révolution, *Le Sermon en faveur des six espèces de pets, prêché le mardi-gras par le père Barnabas, péteur en chef au village des vents*, et enfin le sobre *Éloge du pet*, dissertation par Mercier de Compiègne, en l'an VIII, qui se veut aussi bien « historique, anatomique et philosophique » sur « son origine, ses vertus, sa figure », et « les honneurs qu'on doit lui rendre ».

Cette énumération n'est pas qu'une trop longue partie de rigolade, elle dit comment et combien un « objet littéraire » a pu s'imposer en ces temps où briller en société était un impératif vital dans la république des lettres. Certains triomphaient par la philosophie, d'autres par l'utilité encyclopédique de leurs savoirs, beaucoup figuraient en parlant politique, en dissertant d'histoire et de sciences. Quelques-uns ont choisi d'exercer leur bel esprit sur ce qui pouvait faire rire une communauté intellectuelle et mondaine qui n'aimait rien tant que les contrastes la projetant d'un coup du *Discours sur l'origine des espèces* aux calembours, de *De l'esprit des lois* aux parades de foire, des articles de l'*Encyclopédie* à *L'Art de péter*.

C'est ainsi que Hurtaut, dans son essai, ne cesse de pratiquer l'éloge de la « société », c'est-à-dire de la civilité mondaine des salons, des dîners, des sociétés érudites, de la cour et des spectacles, tous ces espaces publics, mêlant littérature, politique et discussions, qu'il fréquente, lui qui semble proche, avec ses amis savants Hermilly, Le Corvaisier ou Magny, du cercle de Restif de la Bretonne. Et c'est bien « en société » que Hurtaut voudrait non pas tant péter que lire et faire lire son traité. « Mais continuons de prouver par d'autres exemples, écrit-il tel un viatique, que le pet est avantageux à la société. Il y a des ennemis de la société dont le pet arrête les efforts. Par exemple, dans un cercle nombreux, un petit-maître trouve le secret d'ennuyer : depuis une heure, il étale ses grâces, montre ses dents et dit force impertinences dont il assomme ses auditeurs. Un pet échappé l'arrête tout court et vient fort à propos tirer tous les esprits de captivité, en faisant division au babil assassin de leur ennemi commun. Ce n'est pas tout ; le pet procure encore des biens réels. La conversation est le lien le plus charmant de la société ; le pet y fournit à merveille. »

Il n'est enfin pas indifférent que, lorsqu'il doit imaginer une société idéale où « vivre harmonieusement », Hurtaut, avec l'aide de son collègue pétophile Le Corvaisier, imagine des statuts, des rites et des règles pour une hypothétique « Société des francs péteurs ». Ces « stoïques péteurs », une fois assemblés imaginairement, composent une réunion qui ressemble à un très réel salon philosophique du temps. Ils se veulent ainsi affranchis de l'esclavage du préjugé, dînent ensemble et se dotent d'un semblant de « constitution » (« une esquisse de réflexion sur le pet »), formant en fin de compte une « coterie de gens fort aimables et de bonne compagnie ». Ce désir collectif va jusqu'à parodier les rites des loges maçonniques, avec son signe de reconnaissance (« un ruban blanc au col, au bout duquel pendra la figure en or de Zéphyr, avec cette devise : "À la liberté" »), son « Conseil de la case du pet » fraternel et égalitaire dans sa hiérarchie même, et sa cérémonie initiatrice, quand l'impétrant prononce à haute et intelligible voix la formule : « Tenant à grand honneur d'entrer dans la société des francs péteurs, je promets une constante soumission à son directeur et une tendre amitié à tous les frères péteurs. Ennemi déclaré du préjugé, je le combattrai en tous lieux, en pétant librement, souvent et méthodiquement. » Cette formule est saluée comme il se doit : « Tous les frères péteurs firent une brusque décharge. » Ce rêve communautaire est autant une satire qu'un éloge : il parodie les républicains des lettres et des salons en détournant leurs pratiques pour en faire une célébration du vent, ce néant de la pensée raisonneuse[1], mais dans le même temps il prouve la prégnance

1. C'est dans le même esprit de détournement des Lumières par le rire que le marquis de Bièvre exerce

du modèle mondain des Lumières [1], la façon dont cette sociabilité s'est imposée à tous, même aux rieurs et aux péteurs, qui n'envisagent plus leur art et leur discours qu'en société très éclairée.

Mais, en définitive, le pet est surtout la chambre initiatique d'un exercice de la langue. On sait le rôle qu'il joue dans les contes pour enfants [2], enjeu d'une cérémonie récréative et libératrice : dire le pet, c'est moins péter que montrer à tous un savoir-faire du langage. Il y a beaucoup de cela chez les littérateurs du milieu du XVIIIe siècle, du moins chez un certain nombre : tandis que, comme l'a montré Norbert Elias [3], les seuils progressifs de la pudeur élèvent une barrière mondaine contre le fait de

---

son talent, à la même époque. Voir Marquis de Bièvre, *Calembours et autres jeux sur les mots d'esprit*, édition établie et préfacée par Antoine de Baecque, Paris, Payot, 2000 ; rééd. coll. « Petite Bibliothèque Payot », 2006.

1. Antoine Lilti, *Le Monde des salons. Sociabilité et mondanité à Paris au XVIIIe siècle*, Paris, Fayard, 2005.

2. Claude Gaignebet, *Le Folklore obscène des enfants*, Paris, Maisonneuve et Larose, 1968.

3. Nobert Elias, *La Civilisation des mœurs*, Paris, Calmann-Lévy, 1973.

péter publiquement, évolution lente vers plus de décence et de retenue au sein de la société, il semblerait que l'art de péter, lui, deviennent une langue dont le style se fait de plus en plus virtuose et l'esprit infantile. Le pet, par exemple chez les Égyptiens, a pu être un dieu ; il a pu aussi être considéré comme utile, notamment par certains auteurs de l'Antiquité, tels Aristophane ou Cicéron. Mais dans la république des lettres des Lumières, il est surtout l'objet d'un possible exercice des mots, l'enjeu d'une pure apparence du style. Il est le jeu de langue par excellence, puisqu'il excelle sur du vent.

C'est la philosophie même de *L'Art de péter*, telle qu'énoncée par Hurtaut : « Il faut tromper l'art par l'art », soit péter d'autant plus fort qu'on le fait avec des mots. Roland Barthes l'a brillamment signalé : « Écrite, la merde ne sent pas[1]. » Et le beau langage se pare d'autant d'atours à mesure que le déchet le motive. D'où la pédanterie affichée par ces dizaines de poèmes et de traités sur le pet, énumérés précédemment. Dans son *Histoire de la merde,* Dominique Laporte évoque à raison « la foison des périphrases, et cette espèce de tortillement

1. Roland Barthes, *Sade, Fourier, Loyola*, Paris, Seuil, 1971, p. 140.

obscène de la syntaxe qu'offre cette littérature marginale mais abondante sur l'excrémentiel considéré comme un des beaux arts[1] ». Dans *L'Art de péter*, il est certain que le style exerce une fonction de déni à l'endroit du réel qu'il signifie. Ce que Saint-Augustin soulignait déjà dans *De Magistro* : « Si nous disons ordure, ce nom est beaucoup plus noble que la chose signifiée. Car nous aimons mieux l'entendre que la sentir. »

Faire du sale, du vent, du pet, le ressort d'une expérience du beau, c'est le paradoxe que cherche à atteindre Hurtaut dans son essai, et qu'il signifie très exactement en narrant une anecdote de son invention, l'histoire d'un apothicaire recueillant le « vent merdifique » à la sortie de l'anus pour le transformer en produit de beauté pour femme. Cette mue du trivial en esthétique poursuit par l'imagination anecdotique la transformation du pet en art. Cette « recette pour faire partir les taches de rousseur, par un apothicaire habile » suppose, « aux approches des vents », que l'artisan prenne un « large récipient » et qu'il l'applique « exactement à l'anus d'un péteur » après l'avoir

1. Dominique Laporte, *Histoire de la merde*, Paris, Christian Bourgois, 1978.

« excité à péter par des carminatifs agréables, lui faisant boire de l'eau d'anis, et de toutes les liqueurs de sa boutique capables de répondre à son intention ». Une fois l'opération « faite à souhait, c'est-à-dire très copieusement », notre apothicaire prend « une certaine substance huileuse ou balsamique » qu'il jette dans un récipient et fait condenser au soleil, « ce qui produit une quintessence merveilleuse ». Essayée le lendemain sur le visage de son épouse, qui perdit sur le champ toutes ses taches et vit avec plaisir son teint blanchir à vue d'œil, la « liqueur pétifique » donne satisfaction. « On espère que les dames feront usage de ce spécifique et qu'elles feront la fortune de l'apothicaire », conclut Hurtaut comme s'il espérait que la recette fasse, quant à elle, la fortune de son opuscule.

« Ce qui chute du cul, énonce encore notre auteur, doit trouver à se transformer pour un gain de plaisir », ce qui revient à dire que la jouissance de la langue est d'autant plus grande que l'objet de la langue est bas, vil, inconsistant. Le pet, par le style, est ici un corps volatil qui se prête à la transmutation en un certain nombre de genres propres à cet exercice littéraire. Cet art s'exprime ainsi à travers une raison déraisonnable du corps, qui est souvent délirante car plus analogique que logique : « Plus la matière du vent est sèche, plus le son du pet est clair ; plus elle est humide, plus il est obscur ; plus elle est égale et de même nature, plus il est simple ; et plus elle est hétérogène, plus le pet est multisonore », écrit Hurtaut comme s'il était un médecin du corps péteur. Imposture stimulante et créatrice.

Cette pseudoscience s'exprime souvent par des taxinomies elles-mêmes poussées au bout d'une logique délirante. *L'Art de péter* va ainsi jusqu'à répertorier soixante-deux sons de pets différents, « car le podex peut produire et former quatre modes simples de pets, l'aigu, le grave, le réfléchi et le libre. De ces modes, il s'en forme cinquante-huit, qui, avec l'addition des quatre premiers, donne dans la prononciation, soixante et deux sons ou espèces différentes de pets. Les compte qui voudra. » Hurtaut le veut bien, de même que son lecteur, puisque la jubilation de la langue peut naître de cet excès. En sont engendrées également des anecdotes piquantes, que cette littérature de la facétie vulgaire sait multiplier à profusion. Voici, dans *L'Art de péter*, trois exemples de cette virtuosité du détail anecdotique né d'un classement délirant des pets, quand, en fin de volume, Hurtaut distingue le « pet de bourgeoise, d'un assez bon fumet lorsqu'il est bien dodu et proprement accommodé et que, faute d'autres, on peut très bien s'en contenter », celui des « bergères de la vallée de Tempé, en Thessalie, le véritable fumet du pet, sentant le sauvageon parce qu'ils sont produits dans un terrain où il ne croît que des aromates, comme le serpolet ou la marjolaine », enfin les « pets de géographes, semblables à des girouettes, tournant à tous les vents. Quelquefois cependant, ils s'arrêtent du côté du Nord, ce qui les rend perfides. »

L'ambition définitive, pour un homme de langue comme Hurtaut, est d'atteindre à une grammaire du pet, sous-catégorie d'une large grammaire générale de la langue du corps : « Parlons sérieusement, lance-t-il en guise d'avertissement. Les grimauds de grammaire divisent les lettres en voyelles et en consonnes ; ces Messieurs effleurent ordinairement la matière : mais nous qui faisons profession de la faire sentir et goûter telle qu'elle est, nous divisons les pets en vocaux, et en muets. » C'est une grammaire avec ses règles péteuses, notamment celle établie par Jean Despautère, « qu'une liquide jointe à une muette dans la même syllabe, fait brève la voyelle douteuse ; ce qui signifie que l'effet du pet foireux est très prompt ». Et son ornement suprême, cette virtuosité du verbe construite sur du vent, est ce que Hurtaut nomme « le pet diphtongue » : « Le pet est diphtongue lorsque l'orifice est bien large, que la matière est copieuse, les parties inégales, mêlées à la fois d'humeurs chaudes et tenues, froides et épaisses ; ou lorsque la matière ayant un foyer varié, elle est obligée de refluer dans différentes parties des intestins. Alors elle ne peut être résoute d'une seule fonte, ni se contenir dans les mêmes cellules intestinales, ni être chassée d'un seul effort. Elle est donc obligée de s'échapper avec éloquence à intervalles variés et inégaux, jusqu'à ce qu'il n'en reste plus, c'est-à-dire, jusqu'au dernier souffle. Et voilà pourquoi le son se fait entendre à mesures inégales, et pourquoi, pour peu qu'on fasse d'efforts, on entend une canonnade plus ou moins nombreuses, où l'on croit que s'articulent des syllabes diphtonguées telles que celles-ci, *pa pa pax, pa pa pa pax, pa pa pa pa pax...* »

Pourvu de cette langue qui sait, à la fois, canaliser scientifiquement le délire analogique du corps, classer le tout et le rien jusqu'à profusion, s'ourler d'anecdotes et de détails, et proposer une grammaire de fantaisie, les écrivains pétophiles sont prêts à capter par la parodie et le jeu la raison philosophique. C'est ainsi que, comme les académies et les souverains éclairés mettaient au concours de grandes questions sérieuses (« Qu'est-ce que les Lumières ? » ou « De l'origine des espèces »), Hurtaut finit par s'interroger gravement : « Les pets sont-ils de la musique ? » La langue du pet s'est ici définitivement métamorphosée en langue du divertissement de salon : exerçant son talent, qui généralement argumente, raisonne, forge des principes, à partir de la vacuité par excellence, ce corps sans voix s'il n'est pas sans matière ni sans odeur.

C'est là une forme de civilisation parvenue en son point d'aboutissement, aussi virtuose que vain : quand les circonvolutions de la langue s'impriment, au même instant, et sur la raison suprême, la philosophie, et sur la déraison suprême, le pet. Le refoulement de la merde, qui commence en ce XVIIIe siècle, engage un retour du refoulé par les mots et le style, qui foisonnent et se parent pour dire en public le pet, davantage que pour péter. C'est une privatisation de l'excrément, allant de pair avec un débat public sur la merde et son élimination, et un jeu mondain sur la langue scatologique, de mieux en mieux apprécié.

Seul l'hygiénisme du XIXe siècle mettra fin à ce procès flatulant de civilisation, en supplantant peu à peu le « style du pet » par l'introduction d'une terminologie savante chassant les innombrables jeux sur les mots : l'« odeur méphitique », terme scientifique irrécusable, prend alors la place du pet et de ses infinies variantes. Le méphitisme, si caractéristique de l'hygiénisation de la vie sociale au milieu du siècle bourgeois [1], semble signer l'arrêt de mort de la vacuité brillante et de la mondanité rieuse de la langue du pet des Lumières. Pierre-Thomas-Nicolas Hurtaut, quant à lui, meurt à Paris le 5 mai 1791.

Antoine de BAECQUE [2]

1. Alain Corbin, *Le Miasme et la Jonquille*, Paris, Aubier, 1982.

2. Historien, spécialiste de l'histoire culturelle du XVIIIe siècle, professeur à l'École normale supérieure.

Épître dédicatoire à leurs Excellences, Messeigneurs Carnaval et Carême-Prenant

Sous quels auspices, mieux que sous ceux des vos Excellences, pouvait paraître *L'Art de péter* ? Et qu'est-il besoin d'exposer ici les raisons que j'ai de vous l'offrir ? Le public les sait déjà toutes : il sait que cet ouvrage a été entrepris et composé avec votre aveu, et que Carnaval et Carême-Prenant doivent s'intéresser au sort d'un livre qui servira à son auteur de voiture sur la route de l'immortalité. D'ailleurs, bien capables vous-mêmes de le produire, qui serait plus capable d'en sentir le prix que vos Excellences ?

Je devrais faire ici votre éloge et célébrer votre origine, qui va se perdre dans les siècles dont on ne se souvient plus ; je parcourrais ensuite l'histoire de vos illustres aïeux ; je passerais enfin à vos vertus et à vos talents, qui ont mérité de passer en proverbe : mais la connaissance que j'ai de ma maladresse, et la peur que j'aurais de casser les nez de Vos Excellences à coups d'encensoir, ne me permettent pas d'en courir les risques à la tête d'un ouvrage où vous aurez souvent besoin de ce précieux organe.

Je suis avec un profond respect et un dévouement continuel, Messeigneurs, de vos Excellences, le très humble et très obéissant serviteur.

Avis au lecteur

Il est honteux, lecteur, que, depuis le temps que vous pétez, vous ne sachiez pas encore comment vous le faites, et comment vous devez le faire. On s'imagine communément que les pets ne diffèrent que du petit au grand, et qu'au fond, ils sont tous de la même espèce : erreur grossière.

Cette matière que je vous offre aujourd'hui, analysée avec toute l'exactitude possible, avait été extrêmement négligée jusqu'à présent ; non pas qu'on la jugeât indigne d'être maniée, mais par ce qu'on ne l'estimait pas susceptible d'une certaine méthode et de nouvelles découvertes. On se trompait.

Péter est un art, et, par conséquent, une chose utile à la vie, comme disent Lucien, Hermogène, Quintilien, etc. Il est en effet plus essentiel qu'on ne pense ordinairement de savoir péter à propos.

Un Pet qui, pour sortir, a fait un vain effort,
Dans les flancs déchirés reportant sa furie,
Souvent cause la mort.
D'un mortel constipé qui touche au sombre bord,
Un Pet à temps lâché, pourrait sauver la vie.

Enfin, on peut péter avec règle et avec goût, comme je vous le ferai sentir dans toute la suite de cet ouvrage. Je ne balance donc pas à faire part au public de mes recherches et de mes découvertes, sur un art dont on ne trouve rien de satisfaisant dans les plus amples dictionnaires ; et en effet, il n'y est pas question (chose incroyable) de la nomenclature même de cet art, dont je présente aujourd'hui les principes aux curieux.

Exorde théorique

Comme ainsi soit que Cicéron ait repris, répréhendé, admonesté, blâmé et vitupéré Panaetius, de s'emberner jusqu'au nez dans la matière sans la définir, et sans faire sentir à ses auditeurs ce dont il est question ; comme ainsi soit aussi que cet inimitable orateur ait dans le même *Livre des offices*, oublié aussitôt lui-même un conseil si sage, si prudent, si salutaire et si bien placé ; nous qui voulons éviter les reproches que nous pourrions nous attirer avec justice, en tombant dans le même défaut, et profiter de l'avis, des remontrances, des leçons et des fautes de l'orateur romain, nous n'attaquerons et ne traiterons pas méthodiquement du pet, qu'au préalable, nous n'en ayons donné une définition authentique et satisfaisante.

Des pets proprement dits

Définition du pet en général

Le pet, que les Grecs nomment πορδή, les Latins, *crepitus ventris*, l'ancien Saxon, *purten* ou *furten*, le haut Allemand, *Fartzen*, et l'Anglais, *fart*, est un composé de vents qui sortent tantôt avec bruit, et tantôt sourdement et sans en faire.

Il y a néanmoins des auteurs assez bornés et même assez téméraires pour soutenir avec absurdité, arrogance et opiniâtreté, malgré Calepino et tous les autres dictionnaires faits ou à faire, que le mot pet, proprement pris, c'est-à-dire dans son sens naturel, ne doit s'entendre que de celui qu'on lâche avec bruit ; et ils se fondent sur ce vers d'Horace qui ne suffit point pour donner l'idée complète du pet.

Nam disposa sonat quantum Vesica pepedi. (Sat. 8)

(« J'ai pété avec autant de tintamarre qu'en pourrait faire une vessie bien soufflée. »)

Mais qui ne sent pas qu'Horace, dans ce vers, a pris le mot *pedere*, péter, dans un sens générique ? Et qu'était-il besoin, pour faire entendre que le mot *pedere* signifie un son clair, qu'il se restreignît à expliquer l'espèce du pet qui éclate en sortant ? Saint-Évremond, cet agréable philosophe, avait une idée du pet bien différente de celle qu'en a prise le vulgaire : selon lui, c'était un soupir ; et il disait un jour à la maîtresse devant laquelle il avait fait un pet :

Mon cœur, outré de déplaisirs,
Était si gros de ses soupirs,
Voyant votre humeur si farouche,
Que l'un d'eux se voyant réduit
À n'oser sortir par la bouche,
Sortit par un autre conduit.

Le pet est donc, en général, un vent renfermé dans le bas-ventre, causé, comme les médecins le prétendent, par le débordement d'une pituite attiédie, qu'une chaleur faible a atténuée et détachée sans la dissoudre ; ou produite, selon les paysans et le vulgaire, par l'usage de quelques ingrédients venteux ou d'aliments de même nature. On peut encore le définir comme un air comprimé, qui, cherchant à s'échapper, parcourt les parties internes du corps, et sort enfin avec précipitation quand il trouve une issue que la bienséance empêche de nommer.

Mais nous ne cachons rien ici ; cet être se manifeste par l'anus, soit par un éclat, soit sans éclat : tantôt la nature le chasse sans efforts, et tantôt l'on invoque le secours de l'art, qui, à l'aide de cette même nature, lui procure une naissance aisée, cause de la délectation, souvent même de la volupté. C'est ce qui a donné lieu au proverbe, que « pour vivre sain et longuement, il faut donner à son cul vent ».

Mais revenons à notre définition, et prouvons qu'elle est conforme aux règles les plus saines de la philosophie, parce qu'elle renferme le genre, la matière et la différence (*quià nempè constat genere, materiâ et differentiâ*). Elle renferme toutes les causes et les espèces ; nous le verrons par ordre ; comme elle est constante par le genre, il n'y a point de doute qu'elle ne le soit aussi par sa cause éloignée, qui est celle qui engendre les vents, savoir la pituite, et les aliments mal atténués. Discutons ceci avec fondement, avant de fourrer le nez dans les espèces.

Nous disons donc que la matière du pet est attiédie et légèrement atténuée. Car de même qu'il ne pleut jamais dans les pays les plus chauds, ni dans les plus froids, la trop grande chaleur absorbant dans ces premiers climats toutes formes de fumées et de vapeurs, et l'excessive gelée empêchant dans les autres l'exhalation des fumées ; comme au contraire il pleut dans les régions moyennes et tempérées (comme l'ont très bien observé Bodin, Scaliger et Cardan), de même aussi lorsque la chaleur est excessive, non seulement elle broie et atténue les aliments, mais elle dissout et consume toutes les vapeurs, ce que le froid ne saurait faire, et c'est ce qui l'empêche de produire la moindre fumée. Le contraire arrive lorsque la chaleur est douce et tempérée. Sa faiblesse l'empêche de cuire parfaitement les aliments et, ne les atténuant que légèrement, la pituite du ventricule et des intestins peut exciter beaucoup de vents qui deviennent plus énergiques en proportion de la ventosité des aliments, lesquels, mis en fermentation par la chaleur médiocre, procurent des fumées fort épaisses et tourbillonnantes. On sent cela nettement par la comparaison du printemps et de l'automne, avec l'été et l'hiver, et par l'art de la distillation au feu médiocre.

Des différences du pet, notamment du pet et du rot, et démonstration totale de la définition du pet

Nous avons dit plus haut que le pet sort par l'anus. C'est en quoi il diffère du rot, ou « rapport espagnol ». Celui-ci, quoique formé de la même matière, mais dans l'estomac, s'échappe par en haut, à cause du voisinage de l'issue, ou de la dureté et réplétion du ventre, ou de quelques autres obstacles qui ne lui permettent pas de prendre les voies inférieures. Selon nos formalités, le rot va de pair avec le pet, quoique, selon quelques-uns, il soit plus odieux que le pet même : mais n'a-t-on point vu, à la Cour de Louis-le-Grand, un Ambassadeur, au milieu de la splendeur et de la magnificence qu'étalait à ses yeux étonnés cet auguste Monarque, lâcher un rot des plus mâles, et assurer que, dans son pays, le rot faisait partie de la noble gravité qui y régnait ? On ne doit donc pas conclure plus défavorablement contre l'un que contre l'autre ; et que le vent sorte par en haut ou par en bas, il y a parité, et il ne doit rester aucun scrupule là-dessus. En effet, nous lisons dans Furetière, tome II de son *Dictionnaire universel*, que, dans le Comté de Suffolk, un vassal devait faire devant le Roi, tous les jours de Noël, un saut, un rot et un pet.

Mais il ne faut pas mettre le rot dans la classe des vents coliquatifs, ni dans celle du murmure et du gazouillement du ventre, qui sont aussi des vents du même genre, et qui, grondant dans les intestins, tardent à se manifester et sont comme le prologue d'une comédie ou les avant-coureurs d'une tempête prochaine. Les filles et les femmes qui se serrent étroitement pour se dégager la taille, y sont particulièrement sujettes. Dans elles, selon Fernel, l'intestin que les médecins appellent *cæcum*, est si flatueux et si distendu, que les vents qu'il contient ne font pas un moindre combat dans la capacité du ventre, que n'en faisaient autrefois ceux qu'Éole retenait dans les cavernes de ses montagnes d'Eolie ; en sorte qu'on pourrait, à leur faveur, entreprendre un voyage de long cours sur mer, ou au moins faire tourner des moulins à vent.

Il ne nous reste plus ici pour la preuve complète de notre définition, qu'à parler de la cause finale du pet, qui, tantôt est la santé du corps désirée par la nature, et tantôt une délectation ou un plaisir procuré par l'art ; mais nous remettons à en traiter avec les effets. Voyez le chapitre qui en parle. Cependant nous observons que nous n'admettons point, et que nous désavouons, toute fin contraire au bon goût et à la santé, de pareils abus ne pouvant trouver place poliment et honnêtement au nombre des fins raisonnables et délectables.

Des divisions du pet

Après avoir expliqué la nature et la cause du pet, il nous reste à procéder à sa juste division, et à examiner ses espèces différentes, pour les définir ensuite relativement à leurs affections.

Il s'élève ici naturellement une question : la voici. Comment faire, dira-t-on, la juste division d'un pet ? C'est un incrédule qui parle. Faut-il le mesurer à l'aune, au pied, à la pinte, au boisseau ? Car, *quae sunt eadem uni tertio, sunt eadem inter se*. Non : et voici la solution qu'en a donnée un excellent chimiste ; rien même de plus facile et de plus naturel.

Enfoncez, dit-il, votre nez dans l'anus ; la cloison du nez divisant l'anus également, vos narines formeront les bassins de la balance dont votre nez servira alors. Si vous sentez de la pesanteur en mesurant le pet qui sortira, ce sera un signe qu'il faudra le prendre au poids, s'il est dur, à l'aune ou au pied, s'il est liquide, à la pinte, s'il est grumeleux, au boisseau, etc. Mais si vous le trouvez trop petit pour faire l'expérience, faites comme les gentilshommes verriers : soufflez au moule tant qu'il vous plaira, je veux dire, jusqu'à ce qu'il ait acquis un volume raisonnable.

Mais parlons sérieusement. Les grimauds de grammaire divisent les lettres en voyelles et en consonnes ; ces Messieurs effleurent ordinairement la matière : mais nous qui faisons profession de la faire sentir et goûter telle qu'elle est, nous divisons les pets en vocaux, et en muets, ou vesses proprement dits.

Les pets vocaux sont naturellement appelés pétards, du mot péter, relativement aux espèces différentes des sons qu'ils produisent, comme si le bas-ventre était rempli de pétards. Consultez là-dessus Willichius Jodochus dans ses *Thèses du pétard.* Or, le pétard est un éclat bruyant, engendré par des vapeurs sèches. Il est grand ou petit, selon la variété de ses causes ou de ses circonstances. Le grand pétard est plénivocal, ou vocal, par excellence ; et le petit s'appelle semivocal.

Du plénivocal, ou grand pet

Le grand Pet-pétard, ou plénivocal-plein, se manifeste avec grand bruit, non seulement en raison du calibre ample et spacieux qui le produit, comme celui des paysans ; mais encore à cause de la grande multitude de vents causés par la déglutition d'une quantité considérable d'aliments flatueux, ou par la médiocrité de la chaleur naturelle du ventricule et des intestins. On peut comparer ce phénix des pets à l'explosion des canons, des grosses vessies, et du vent des pédales, etc. La démonstration des tonnerres par Aristophane n'en donnerait qu'une très faible idée ; elle n'est point palpable comme celle des canons, et comme une décharge faite pour renverser des murs, ou pour saluer un seigneur qui arrive dans une ville.

Objection des adversaires du pet

Ce n'est point par le son que le pet nous choque, disent-ils : s'il n'avait que des impromptu harmonieux, loin de nous offenser, il saurait nous plaire ; mais il est toujours suivi d'une odeur disgracieuse qui compose son essence, et qui afflige notre odorat : voilà en quoi il est coupable. Il ne s'est pas plutôt fait entendre, qu'il disperse des corpuscules infects qui troublent la sérénité de nos visages ; quelquefois même assez traître pour nous porter des coups qu'il ne nous a pas laissé prévoir, il vient nous attaquer à la sourdine. Assez souvent précédé d'un bruit sourd, il se fait suivre de plus honteux satellites, et ne laisse jamais aucun doute sur sa mauvaise compagnie.

Réponse

C'est bien mal connaître le pet que de le croire si criminel et coupable de tant de grossièretés. Le vrai pet, ou le pet clair, n'a point d'odeur, ou du moins si peu, qu'elle n'a pas assez de force pour traverser l'espace qui se trouve entre son embouchure et le nez des assistants. Le mot latin *crepitus*, qui exprime le pet, ne signifie qu'un bruit sans odeur, mais on le confond ordinairement avec deux autres ventosités malfaisantes, dont l'une attriste l'odorat et se nomme vulgairement vesse, ou, si l'on veut, pet muet, ou *pet féminin*, et l'autre qui présente le plus hideux spectacle, que l'on nomme pet épais, ou *pet de maçon*. Voilà le faux principe sur lequel se fondent les ennemis du pet ; mais il est aisé de les confondre, en leur montrant que le vrai pet est réellement distingué des deux monstres dont on vient de donner une notion générale.

Tout air qui s'entonne dans le corps et qui, après y avoir été comprimé, s'en échappe, se nomme ventosité. Et par-là le pet clair, la vesse et le pet de maçon, conviennent entre eux comme dans leur genre ; mais le plus ou le moins de séjour qu'ils font dans le corps, le plus ou le moins d'aisance qu'ils trouvent à s'échapper, constituent leur différence et les rendent totalement dissemblables. Le pet clair, après s'être entonné dans le corps, parcourt sans obstacle les différentes parties internes qui se trouvent sur son passage, et sort avec plus ou moins de fracas. Le pet épais ou de maçon, après avoir tenté plusieurs fois de s'échapper, trouvant toujours les mêmes obstacles, rebrousse chemin, parcourt souvent le même espace, s'échauffe et se charge de différentes parties de matière grasse qu'il détache en chemin. Ainsi affaissé par son propre poids, il vient se réfugier dans la basse région ; et se trouvant enveloppé d'une matière trop fluide, qui n'attendait elle-même que le moindre mouvement pour faire irruption, il décampe enfant sans beaucoup de bruit, et entraîne avec lui tout le butin dont il s'est chargé. La vesse, également gênée et retenue au passage, fait le même voyage que le pet de maçon : elle s'échauffe également, se charge en chemin de parties grasses, vient solliciter sa sortie par les Pays-Bas ; avec cette différence que trouvant un terrain sec et aride, elle n'acquiert point de nouveaux biens ; mais chargée seulement de ce qu'elle a butiné en chemin, elle déloge sans aucun bruit, et fait part, en sortant, de ce qu'elle a de plus disgracieux pour l'odorat.

Mais après avoir répondu aux objections des adversaires du pet, reprenons notre division. Or, ces pets ressemblent aux canons ou aux tonnerres d'Aristophane, comme on voudra. Quoi qu'il en soit, ils sont simples ou composés.

Les pets simples consistent dans un grand coup, seul et momentané. Priape les compare à des outres crevées : *displosa fonat quantûm vesica.* Ils le sont, lorsque la matière est composée de parties homogènes, lorsqu'elle est abondante, lorsque la fissure par où elle sort est assez large ou assez distendue, ou enfin lorsque le sujet qui les pousse est robuste et ne fait qu'un seul effort.

Les pets composés partent par plusieurs grands coups, et éclat par éclat : semblables à des vents continuels qui se succèdent les uns aux autres, à peu près comme quinze ou vingt coups de fusil tirés de suite, et comme circulairement. On les nomme diphtongues, et l'on soutient qu'une personne d'une forte constitution en pourrait faire une vingtaine tout d'une tire.

Raison physique tirée du bon sens, ou analyse du pet diphtongue

Le pet est diphtongue lorsque l'orifice est bien large, que la matière est copieuse, les parties inégales, mêlées à la fois d'humeurs chaudes et ténues, froides et épaisses ; ou lorsque la matière ayant un foyer varié, elle est obligée de refluer dans différentes parties des intestins.

Alors elle ne peut être résoute d'une seule fonte, ni se contenir dans les mêmes cellules intestinales, ni être chassée d'un seul effort. Elle est donc obligée de s'échapper avec éloquence à intervalles variés et inégaux, jusqu'à ce qu'il n'en reste plus, c'est-à-dire, jusqu'au dernier souffle. Et voilà pourquoi le son se fait entendre à mesures inégales, et pourquoi, pour peu qu'on fasse d'efforts, on entend une canonnade plus ou moins nombreuse, où l'on croit que s'articulent des syllabes diphtonguées telles que celles-ci, *pa pa pax, pa pa pa pax, pa pa pa pa pax*, etc. Alors que l'anus ne se referme pas exactement : la matière est victorieuse de la nature.

Rien de plus joli que le mécanisme des pets diphtongues, et c'est à l'anus seul auquel on en a l'obligation.

D'abord,

1) il faut le supposer assez ample par lui-même, et entouré d'un sphincter fort et élastique ;

2) il faut une suffisante quantité de matière égale pour produire d'abord un pet simple ;

3) après le premier coup, que l'anus se referme malgré lui, mais non pas cependant si exactement, que la matière qui doit être plus forte que la nature ne puisse point l'obliger de s'écarter et lui susciter de l'orgasme (de l'irritation) ;

4) qu'il se referme un peu, et se rouvre ensuite, toujours alternativement et combattre

ainsi avec la nature, qui tend toujours à expulser la matière et à la dissoudre ;

5) enfin, qu'il retienne, si le cas l'exige, le reste des vents, pour les rendre dans un temps plus commode.

C'est sans doute de ces pets diphtongues dont Horace fait l'histoire à l'occasion de son récit de Priape. Il raconte qu'un jour ce dieu incivil en lâcha un terrible, qui effaroucha une troupe de sorcières occupées à des enchantements dans son voisinage. En effet, si ce pet n'eût été que simple, vraisemblablement les sorcières n'eussent point été effrayées et n'eussent point abandonné leurs travaux magiques ni leurs serpents, pour se réfugier à toutes jambes dans la ville. Il est probable que Priape commença par un pet simple avec éclat, tel que celui d'une vessie bien tendue ; mais que ce bruit fut aussitôt suivi d'un pet diphtongue et celui-ci d'un autre encore plus fort, qui épouvantèrent les magiciennes déjà effrayées et les contraignirent de prendre effectivement la fuite. Horace ne s'explique point là-dessus ; mais il est visible qu'il n'en a voulu rien dire dans la crainte d'être diffus et qu'il ne s'est tu que parce qu'il savait que chacun en était informé. Cette petite remarque nous a paru nécessaire et convenir à l'explication de ce passage, qui ne peut paraître obscur et difficile qu'à ceux qui ne savent point de physique... Nous n'en dirons pas davantage.

Malheurs et accidents causés par les pets diphtongues. Histoire d'un pet qui fit enfuir le diable et le rendit bien sot. Maisons délivrées des diables par la médiation des pets diphtongues. Raisons et axiomes

Si le pet diphtongue est plus terrible que le tonnerre et s'il est constant que la foudre qui le suit a écrasé une infinité de personnes, a rendu sourds les uns et hébété les autres, il est donc hors de doute qu'un pet diphtongue, s'il ne foudroie pas, est capable non seulement de causer tous les accidents du tonnerre, mais encore de tuer sur le champ les gens faibles, d'un génie pusillanime et susceptibles de préjugés. Nous portons ce jugement en raison des ingrédients dont il est formé, et de l'extrême compression de l'air, qui, devenu libre, ébranle tellement en sortant les colonnes de l'air extérieur, qu'il peut détruire, déchirer et arracher en un clin d'œil les fibres les plus délicates du cerveau, donner suite à un mouvement de rotation rapide à la tête, la faire tourner sur les épaules comme une girouette, briser à la septième vertèbre l'étui de la moelle allongée et par cette destruction, donner la mort.

Toutes ces causes sont produites par l'usage des raves, des aulx, des pois, des fèves, des navets et, en général, par tous les autres aliments venteux dont on connaît les vertus maléficientes et qui forment le son clair, successif et court par intervalles, que l'on entend lors de l'éruption du pet. Hélas ! Combien de poulets tués dans les œufs, combien de fœtus avortés ou étouffés dans le sein de leurs mères, par la force de l'explosion ! Le diable même en a pris la fuite plus d'une fois.

Entre plusieurs histoires qu'on lit à ce sujet, je vais en rapporter une, dont la vérité est constante. Le diable tourmentait depuis longtemps un homme pour qu'il se donnât à lui. Cet homme ne pouvant plus résister aux persécutions du malin esprit, y consentit sous trois conditions qu'il lui proposa sur le champ.

D'abord, il lui demanda une grande quantité d'or et d'argent ; il la reçut dans l'instant. Ensuite, il exigea qu'il le rendît invisible ; le diable lui en enseigna les moyens et lui en fit faire l'expérience sans l'abandonner. Enfin, cet homme était fort embarrassé sur ce qu'il lui proposerait en troisième lieu, qui pût mettre le diable dans l'impossibilité de le satisfaire, et comme son génie ne lui fournissait point à l'instant l'expédient qu'il en attendait, il fut saisi d'une peur dont l'excès le servit par hasard fort heureusement, et le sauva de la griffe. On rapporte que dans ce moment critique, il lui échappa un pet diphtongue, dont le tapage ressemblait à celui d'une décharge de mousqueterie. Alors, saisissant avec présence d'esprit cette occasion, il dit au diable : « Je veux que tu m'enfiles tous ces pets et je suis à toi. » Le diable essaya l'enfilement, mais quoi qu'il présentât d'un côté le trou de l'aiguille, et qu'il tirât de l'autre à belles dents, il ne put jamais en venir à bout. D'ailleurs, épouvanté par l'horrible tintamarre de ce pet, que les échos d'alentour avaient redupliqué, et confus, forcené même de se voir pris pour dupe, il s'enfuit en lâchant une vesse infernale qui infecta tous les environs, et délivra de la sorte ce malheureux du danger éminent qu'il avait couru.

Il n'est pas moins constant par tout l'univers, dans tous les royaumes, les républiques, les villes, les villages, les hameaux, dans toutes les familles et les châteaux de campagne où il y a des bonnes, des vieilles et des bergers, dans les livres et les histoires anciennes, qu'il s'est trouvé une infinité de maisons délivrées des diables par le secours des pets, sans doute de pets diphtongues. En effet, c'est le plus grand spécifique que nous connaissions pour bannir le diable et *L'Art de péter* que nous présentons aujourd'hui, en nous faisant des amis, nous attirera certainement la bénédiction des peuples qui en sont tourmentés. Nous sommes persuadés qu'il faut tromper l'art par l'art, la fourbe par la fourbe, qu'un clou pousse l'autre ; qu'une grande lumière en efface une petite et que les sons, les odeurs, etc. en absorbent d'autres moins fortes. Partant, l'Ange des ténèbres sera offusqué par le flambeau que nous mettons dans la main des malheureux qu'il séduira et quiconque le tiendra n'aura plus rien à craindre.

Le pet diphtongue est un petit tonnerre de poche, que l'on trouve au besoin : sa vertu et sa salubrité sont actives et rétroactives ; il est d'un prix infini et a été reconnu pour tel dans l'antiquité la plus reculée ; de là le proverbe romain, qu'un gros pet vaut un talent.

Ordinairement, le pet diphtongue n'a pas de mauvaise odeur, à moins qu'il ne soit engendré par quelque putréfaction dans les intestins, ou qu'il n'ait séjourné et couvé trop longtemps dedans ou dessous un être mort qui commençait à se pourrir, ou à moins que les aliments que l'on a pris n'aient été corrompus eux-mêmes. Pour en faire le discernement, j'en appelle à l'odorat le plus fin ; le mien n'y réussirait pas et le lecteur n'est peut-être point enrhumé du cerveau comme moi.

Du semi-vocal ou petit pet

Le petit pet, ou le semi-vocal, est cclui qui sort avec moins de fracas que le grand, soit à cause de l'embouchure, ou de l'issue trop étroite du canal par où il s'exprime (comme sont ceux des demoiselles), soit à cause de la petite quantité de vents qui se trouvent renfermés dans les intestins. Ce pet se divise en clair, aspiré et moyen.

DU PET CLAIR

Ce pet est un semi-vocal, ou petit pet, composé d'une matière très sèche et très déliée, qui, se portant avec douceur le long du canal de sortie, qui est fort étroit, soufflerait à peine une paille. On l'appelle vulgairement *pet de demoiselle*, il n'alarme point les nez sensuels et n'est point indécent comme la vesse et le pet de maçon.

DU PET ASPIRÉ

Le pet aspiré est un petit pet semi-vocal, composé d'une matière humide et obscure. Pour en donner l'idée et le goût, je ne saurais mieux le comparer qu'à un pet d'oie ; et peu importe que le calibre qui le produit soit large ou étroit ; il est si chétif qu'on sent bien qu'il n'est qu'un avorton. C'est le pet ordinaire *des boulangères*.

DU PET MOYEN

Ce dernier tient en quelque sorte un juste milieu entre le pet clair et le pet aspiré, parce que la matière homogène dont il est composé, étant de qualité et de quantité médiocre, et se trouvant bien digérée, elle sort d'elle-même sans le moindre effort par l'orifice, qui, pour lors, n'est ni trop serré ni trop ouvert. C'est le pet de ceux qui s'ennuient de leur pucelage et des femmes de bourgmestres.

Causes des pets précédents

Il y a trois causes principales de la variété des sons dans ces trois genres de pets comme dans tous les autres ; savoir la matière du vent, la nature du canal et la force du sujet.

1. Plus la matière du vent est sèche, plus le son du pet est clair ; plus elle est humide, plus il est obscur ; plus elle est égale et de même nature, plus il est simple ; et plus elle est hétérogène, plus le pet est multisonore.

2. Par rapport à la nature du canal, plus il sera étroit, plus le son sera aigu ; plus il sera large, plus le son aura de gravité. La preuve résulte de la délicatesse ou de la grosseur des intestins, dont l'inanition ou la plénitude fait beaucoup au son ; car on sait que ce qui est vide est plus sonore que ce qui est plein.

3. Enfin, la troisième cause de la différence du son consiste dans la vigueur et dans les forces du sujet, car plus la nature pousse fortement et vigoureusement, plus le bruit du pet est grand, et plus ce dernier est étoffé.

Il est donc clair que c'est de la différence des causes que naît celle des sons. On le prouve facilement par l'exemple des flûtes, des trompettes et des flageolets. Une flûte à parois épaisses et larges donne un son obscur ; une flûte mince et étroite, en rend un clair et enfin, une flûte dont les parois tiennent le milieu entre l'épais et le mince rend un son mitoyen. La constitution de l'agent est encore une cause qui prouve cette assertion. Que quelqu'un par exemple, qui a le vent bon, embouche une trompette, il en tirera infailliblement des sons très forts et le contraire arrivera s'il a l'haleine faible et courte. Disons donc que les instruments à vent sont bien inventés et bien utiles pour l'appréciation des pets ; que par eux on tire des conjectures très certaines, s'il y en a, de la différence des sons des pets. Ô admirables flûtes, tendres flageolets, graves cors de chasse ! etc. Vous êtes bien faits pour être cités dans l'art de péter quand on vous embouche mal ; et vous savez rendre une raison juste d'un son perçant ou grave, quand une bouche habile vous fait résonner. Soufflez donc habilement, musiciens.

Question musicale : les pets sont-ils de la musique ?

Duo singulier. Belle invention pour faire entendre un concert à un sourd

Un savant allemand a proposé ici une question fort difficile à résoudre ; savoir s'il peut y avoir de la musique dans les pets ? *Distinguo* : il y a de la musique dans les pets diphtongues, *concedo* ; dans les autres pets, *nego*.

La musique qui résulte des pets diphtongues, n'est pas de celle qui s'exprime par la voix ou par l'impulsion de quelque chose de sonore, comme d'un violon, d'une guitare, d'un clavecin, etc. Elle ne dépend que du mécanisme du sphincter de l'anus qui, se resserrant ou s'élargissant plus ou moins, forme des sons tantôt graves et tantôt aigus. Mais la musique en question est du genre de celle qui s'opère par le souffle et, comme nous l'avons dit plus haut, elle est analogue aux sons de la flûte, de la trompette, des flageolets, etc. Or, les pets diphtongues sont les seuls capables de faire de la musique, relativement à leur nature, comme on peut le voir dans le chapitre sur la division du pet. Donc, il peut y avoir de la musique dans les pets. L'exemple suivant éclaircira encore mieux la question.

Deux petits garçons, mes compagnons d'école, avaient chacun un talent dont ils s'amusaient souvent et moi aussi : l'un rotait tant qu'il voulait sur différents tons, et l'autre pétait de même. Le dernier, pour y mettre plus d'élégance et de raffinement, se servait d'un petit clayon à égoutter des fromages, sur lequel il ajustait une feuille de papier, puis s'asseyant dessus, à nu, et tortillant les fesses, il rendait des sons organiques et flûtés de toute espèce. J'avoue que la musique n'en était pas bien harmonieuse, ni les modulations fort savantes ; qu'il serait même difficile d'imaginer des règles de chant pour un pareil concert et de faire aller ensemble comme il faut les bas et hauts-dessus, les tailles et basses-tailles, les hautes et basses-contres. Mais j'ose avancer qu'un habile maître de musique en pourrait tirer un système original digne d'être transmis à la postérité et inscrit dans l'art de la composition. C'est une diatonique distribuée à la pythagoricienne dont on trouvera les chroma en serrant les dents.

On y réussirait certainement, en ne s'écartant point des principes et des notions que nous avons données précédemment. Le tempérament et le régime des personnes serviront dans cette opération de flambeau et de boussole. Veut-on obtenir les sons aigus ? Adressez-vous à un corps rempli de fumées subtiles et à un anus étroit. Voulez-vous des sons deux fois plus graves ? Faites jouer un ventre plein de fumées épaisses et un canal large. Le sac à vents secs ne rendra que des sons clairs, le sac à vents humides n'en produira que d'obscurs. En un mot, le bas ventre est une orgue polyphtongue qui rend plusieurs sons, d'où l'on peut, sans se gêner beaucoup, tirer, comme d'un magasin, au moins douze tropes ou modes de sons, dont on choisira seulement ceux qui sont consacrés aux agréments, tels que le lyxoleidien, l'hypolyxoleidien, le dorique et l'hypodorique. Car en les employant tous indistinctement et en affectant les semi-vocaux, on diminuerait les sons au point qu'on ne les entendrait pas ou bien on ferait, à l'unisson, plusieurs sons aigus ou graves qui rendraient la musique insipide et désagréable ; ce qu'on ne tolérerait tout au plus que dans un charivari ou un grand-chœur. Un axiome de philosophie mettra en garde contre cet inconvénient : ce qui est trop sensible détruit le sentiment (*a sensibili in supremo gradu destruitur sensibile*). On ne fera donc rien que de modéré et l'on sera sûr de plaire ; autrement on épouvanterait, en imitant les sons bruyants des cataractes de Schaffouse, des montagnes d'Espagne, des sauts de Niagara ou de Montmorency dans le Canada, qui rendent les hommes sourds et font avorter les femelles avant qu'elles soient grosses.

Cependant, le son ne doit pas être si faible qu'il fatigue l'auditeur en lui faisant faire de trop grands efforts et l'obligeant d'apporter trop d'attention pour l'entendre. En tout, il y a un milieu à garder.

Est modus in rebus, sunt certi denique fines,
Quos ultrà citràque nequit confiftere rectum.

En gardant soigneusement ce conseil d'Horace, on sera toujours bien et l'on sera applaudi.

Mais, avant que de finir ce chapitre, je ne saurais me dispenser, en bon citoyen qui cherche à dédommager autant qu'il est en lui des torts de la nature ceux de ses amis envers lesquels elle a usé de rigueur, je ne saurais, dis-je, me dispenser de communiquer un moyen par lequel on pourra faire participer un sourd à cette musique.

Qu'il prenne une pipe à fumer, qu'il en applique la tête à l'anus d'un concertant, qu'il tienne l'extrémité du tuyau entre les dents ; par le bénéfice de contingence, il saisira tous les intervalles des sons dans toute leur étendue et leur douceur. Nous en avons plusieurs exemples dans Cardan et Jean-Baptiste Porta de Naples. Et si quelque autre personne qu'un sourd, de quelque qualité et condition qu'il soit, veut avoir ce plaisir et participer au goût, il pourra comme le sourd tirer fortement souvent. Alors il recevra toutes les tentations et toute la volupté qu'il pourrait prétendre.

Des effets des pets

Des pets muets, mal proprement dits vesses. Diagnostic et pronostic

Cessons d'articuler et faisons-nous comprendre maintenant sans parler. Les pets muets, vulgairement appelés vesses, n'ont point de son et se forment d'une petite quantité de vents très humides. On les appelle en latin *visia*, du verbe *visire* ; en allemand, *feisten* et en anglais, *fitch* ou *vetch*.

Les vesses sont ou sèches ou foireuses. Les sèches sortent sans bruit et n'entraînent point avec elles de matière épaisse. Les foireuses, au contraire, sont composées d'un vent taciturne et obscur. Elles emportent toujours avec elles un peu de matière liquide ; les vesses ont la vélocité d'une flèche ou de la foudre, et sont insupportables à la société, par l'odeur fétide qu'elles rendent. Si l'on regarde dans sa chemise, on verra le corps du délit qu'elles y impriment ordinairement. C'est une règle établie par Jean Despautère, qu'une liquide jointe à une muette dans la même syllabe, fait brève la voyelle douteuse ; ce qui signifie que l'effet de la vesse foireuse est très prompt. J'ai lu quelque part qu'un diable du pays latin voulant un jour lâcher un pet, ne fit qu'une vesse foireuse dont il emberna ses culottes et que, maudissant la trahison de son derrière, il s'écria avec colère et indignation : *Nusquam tuta fides* (« Il n'y a donc plus de bonne foi dans le monde ») ! Ceux-là sont donc très bien, qui, craignant ces sortes de vesses, ont soin de mettre bas leurs culottes et de lever leur chemise avant de les lâcher : je les appelle gens sages, prudents et prévoyants.

Comme les vesses foireuses sortent sans bruit, c'est un signe qu'il n'y a pas beaucoup de vents. L'excrément liquide qu'elles entraînent, donne lieu de croire qu'il n'y a rien à appréhender pour la santé et qu'elles sont salutaires. D'ailleurs, elles indiquent la maturité de la matière et qu'il est temps de soulager ses reins et son ventre, suivant cet axiôme : *Maturum stercus est importabile pondus.*

C'est un lourd fardeau que l'envie démesurée d'aller à la selle, envie qu'il faut satisfaire au plus vite ; sans quoi on ferait la besogne de ce diable du pays latin. Voyez plus haut.

Des pets et vesses affectés et involontaires

On donne aux uns et aux autres une même cause efficiente, relativement à la matière des vents qui sont engendrés par l'usage des oignons, des aulx, des raves, des navets, des choux, des ragoûts, des pois, des fèves, des lentilles, des haricots, etc. Ils sont affectés ou involontaires et ils se rapportent tous aux espèces précédentes.

Le pet affecté ne se passe guère parmi les honnêtes gens, si ce n'est parmi ceux qui logent ensemble et qui couchent dans le même lit. Alors on peut affecter d'en lâcher quelques-uns, soit pour se faire rire, soit pour se faire pièce et les pousser, même si dodus et si distincts qu'il n'y ait personne qui ne les prenne pour des coups de couleuvrines. J'ai connu une dame qui, se couvrant l'anus avec sa chemise, s'approchait d'une chandelle récemment éteinte et pétant et vessant lentement et par gradation, la rallumait avec la dernière adresse ; mais une autre qui la voulut imiter ne réussit point et réduisit la mèche en une poudre ardente qui se dissipa bientôt dans l'air et lui brûla le derrière, tant il est vrai qu'il n'est pas permis à tout le monde d'aller à Corinthe. Mais un amusement plus joli, c'est de recevoir une vesse dans sa main et l'approcher du nez de celui ou de celle avec qui l'on est couché, et de les faire juges du goût ou de l'espèce. J'en connais qui n'aimeraient pas trop ce jeu-là.

Le pet involontaire se fait sans la participation de celui qui lui donne l'être et arrive ordinairement lorsqu'on est couché sur le dos ou qu'on se baisse, ou lorsque l'on fait de grands éclats de rire, ou enfin quand on éprouve de la crainte. Cette sorte de pet est ordinairement excusable.

Utilité et effets des pets et des vesses

Après avoir parlé des causes des pets et des vesses, il ne nous reste plus qu'à dire quelque chose de leurs effets et, comme ils sont de différente nature, nous les réduirons à deux genres, c'est-à-dire à celui des bons et des mauvais.

Tous pets bons sont toujours très salutaires par eux-mêmes, en tant que l'homme se débarrasse d'un vent qui l'incommode. Cette évacuation détourne plusieurs maladies : la douleur hypocondriaque, la fureur, la colique, les tranchées, la passion iliaque, etc.

Mais lorsqu'ils sont resserrés, lorsqu'ils remontent, ou qu'ils ne trouvent pas de sortie, ils attaquent le cerveau par la prodigieuse quantité de vapeurs qu'ils y portent ; ils corrompent l'imagination, rendent l'homme mélancolique et frénétique, et l'accablent de plusieurs autres maladies très fâcheuses. De là les fluxions qui se forment par la distillation des fumées de ces météores sinistres et qui descendent dans les parties inférieures ; heureux lorsqu'on n'en est quitte que pour la toux, les cathares, comme les médecins le disent et le démontrent sans cesse. Mais, selon moi, le plus grand mal est d'être incapable de toute application, et d'être rebuté par l'étude et le travail. Appliquons-nous donc, cher lecteur, à nous débarrasser aussitôt de toute envie de péter, de tous vents tranchants, du moindre malaise, enfin, causé par les vents et au risque de faire tapage, chers concitoyens, rendons-les promptement et lâchons-les, plutôt que de nous incommoder et de nous exposer à devenir hypocondriaques, mélancoliques, frénétiques et maniaques.

Partez comme moi de ce principe, cher lecteur, qu'il y a une utilité particulière en pétant, qui regarde chaque individu ; vous en êtes convaincu par le bien que la présence du pet vous procure et vous le serez encore plus par les exemples que je veux vous citer de personnes qui ont été dangereusement incommodées pour avoir retenu leurs vents.

Une dame, au milieu d'une assemblée nombreuse, est tout à coup attaquée d'un mal de côté ; alarmée d'un accident si imprévu, elle quitte une fête qui semblait n'être que pour elle, et dont elle était l'ornement. Tout le monde y prend part : on s'agite, on s'inquiète, on vole à son secours ; les disciples d'Hypocrate, requis précipitamment, s'assemblent, consultent, recherchent la cause du mal, citent force auteurs, s'informent enfin de la conduite et du régime que la dame a tenu : la malade s'examine et se rappelle qu'imprudemment elle a retenu un gros pet qui lui demandait son congé.

Une autre, sujette aux vents, retient douze gros pets captifs qui, successivement, essayent de se faire jour : elle se met à la torture pendant une longue séance, et se présente ensuite à une table bien servie, croyant y faire figure.

Qu'arrive-t-il ? Elle dévore des yeux des mets dont elle ne peut tâter : tout est plein, son estomac rempli de vents ne peut plus recevoir de nourriture.

Un petit-maître, un abbé poli, un grave magistrat, tous trois également contrefaits dans leurs différentes façons, font de leur corps une caverne d'Éole ; ils y introduisent les vents, l'un par ses éclats, l'autre dans ses doctes entretiens et le dernier dans ses longues harangues. Bientôt ils sentent l'effort d'une violente tempête intestine : ils se raidissent contre sa fureur ; pas un d'eux ne lâche le moindre pet. De retour chez eux, une violente colique, que toute la pharmacie peut à peine apaiser, les abat impitoyablement et les met à deux doigts de la mort.

Que de biens, au contraire, cher lecteur, ne procure point un pet lâché à propos ! Il dissipe tous les symptômes d'une maladie sérieuse ; il bannit toute crainte et tranquillise par sa présence les esprits alarmés. Tel, se croyant dangereusement malade, appelle à son secours les sectateurs de Galien, qui tout à coup faisant un pet copieux, remercie la médecine et se trouve parfaitement guéri.

Tel autre se lève avec un poids énorme dans l'estomac : il sort du lit tout gonflé ; il n'a cependant point fait d'excès le jour précédent.

Sans goût, sans appétit, il ne prend aucune nourriture, il s'inquiète, il s'alarme. La nuit vient et ne lui apporte d'autre soulagement que la faible espérance d'un sommeil interrompu. À l'instant qu'il se met au lit, une tempête s'élève dans la basse région : les intestins émus semblent se plaindre et, après de violentes secousses, un gros pet se fait jour et laisse notre malade tout confus de s'être inquiété pour si peu de chose.

Une femme esclave du préjugé, n'avait jamais connu les avantages du pet. Depuis douze ans, victime malheureuse de sa maladie et peut-être encore plus de la médecine, elle avait épuisé tous les remèdes. Éclairée enfin sur l'utilité des pets, elle pète librement, elle pète souvent ; plus de douleurs, plus de maladie : il n'est plus question que de se bien porter, elle jouit d'une santé parfaite.

Voilà les grands avantages que le pet procure à chaque particulier : qui peut après cela lui disputer son utilité, au moins particulière ? Si la vesse trouble l'économie de la société par sa nature malfaisante, le pet est son antidote, il la détruit et il est sûr de l'empêcher de paraître, dès qu'il a eu lui-même assez de force pour se faire un passage ; car il est évident et on ne peut en douter, pour peu qu'on examine les notions que nous avons données du pet et de la vesse, qu'on ne vesse que parce qu'on n'a pas voulu péter et, par conséquent, que partout où se trouvera le pet, la vesse n'aura point lieu.

Avantages des pets pour la société

L'empereur Claude, empereur trois fois grand, qui ne songeait qu'à la santé de ses sujets, ayant été informé que quelques-uns d'eux avaient porté le respect jusqu'au point d'aimer mieux périr que de péter en sa présence et ayant appris (au rapport de Suétone, de Dion et de bien d'autres historiens) qu'ils avaient été tourmentés, avant de mourir, de coliques affreuses, fit publier un édit par lequel il permettait à tous ses sujets de péter librement, même à sa table, pourvu qu'on le fît clairement. C'était, sans doute, par antiphrase qu'on lui avait donné le nom de Claude, du mot latin *claudere*, fermer ; car, par son édit, il faisait plutôt ouvrir les organes du pet qu'il ne les faisait fermer. Et ne serait-il donc pas à propos de faire revivre un pareil édit, qui, selon Cujas, se trouvait dans l'ancien code, comme une infinité d'autres qu'on en a retranchés ?

Le pet n'est point contraire aux bonnes mœurs

L'indécence que l'on attache au pet n'a pour principe que l'humeur et le caprice des hommes. Il n'est point contraire aux bonnes mœurs, par conséquent il n'est point dangereux de le permettre ; d'ailleurs nous avons des preuves qu'on pète librement dans plusieurs endroits, et dans quelques parties même du monde poli, et il est de la plus grande cruauté de conserver là-dessus le moindre scrupule.

Dans une certaine paroisse, distante de Caen de quatre à cinq lieues, un particulier, par droit féodal, a exigé longtemps et peut encore exiger aujourd'hui, un pet et demi par chacun l'an.

Les Égyptiens avaient fait du pet un dieu, dont on montre encore les figures dans certains cabinets.

Les anciens, d'après la plus ou moins bruyante sortie de leurs pets, tiraient des augures pour le temps serein ou pluvieux.

Ceux de Pélouse adoraient le pet. Si l'on n'était retenu par la crainte de trop prouver, ne pourrait-on pas conclure que le pet, bien loin d'être indécent, renferme la plus parfaite et la plus majestueuse décence, puisqu'il est le signe extérieur du respect d'un sujet envers son Prince, le tribut d'un vassal à son seigneur, digne de l'attention d'un César, l'annonce des changements de temps et pour tout dire, l'objet du culte et de la vénération d'un grand peuple ?

Mais continuons de prouver par d'autres exemples encore, que le pet est avantageux à la société.

Il y a des ennemis de la société dont le pet arrête les efforts. Par exemple, dans un cercle nombreux, un petit-maître trouve le secret d'ennuyer : depuis une heure, il étale ses grâces, montre ses dents et dit force impertinences dont il assomme ses auditeurs. Un pet échappé l'arrête tout court et vient fort à propos tirer tous les esprits de captivité, en faisant division au babil assassin de leur ennemi commun. Ce n'est pas tout ; le pet procure encore des biens réels. La conversation est le lien le plus charmant de la société ; le pet y fournit à merveille.

Une assemblée brillante, depuis deux heures garde un silence plus morne que celui qui règle à la Grande-Chartreuse ; les uns se taisent par cérémonie, les autres par timidité, d'autres enfin par ignorance : l'on est prêt de se séparer sans avoir prononcé un mot. Un pet se fait entendre au travers d'un panier furieux ; aussitôt un murmure sourd prélude à une longue dissertation, que la critique dirige et que la plaisanterie assaisonne. C'est donc à ce pet que la société est redevable de la rupture d'un silence burlesque, et de la matière d'une conversation enjouée : le pet est donc également utile à la société en général.

Les ris, et souvent les éclats qu'excite le pet dès qu'il se fait entendre, prouvent assez ses agréments et ses charmes : le plus sérieux personnage perd sa gravité à ses approches ; il n'est point de prud'homie qui tienne contre lui ; le son harmonieux et imprévu qui constitue son essence dissipe la léthargie des esprits. Dans une troupe de philosophes attentifs aux pompeuses maximes qu'un d'entre eux débite avec méthode, qu'un pet se glisse incognito, la morale déroutée prend aussitôt la suite ; on rit, on se pâme, et la nature se donne carrière d'autant plus volontiers qu'elle est plus souvent gênée dans ces hommes extraordinaires.

Qu'on ne dise point, par un dernier trait d'injustice, que les ris qu'excite le pet, sont plutôt des signes de pitié et de mépris que la marque d'une véritable joie ; le pet contient en lui-même un agrément essentiel, indépendant des lieux et des circonstances.

Près d'un malade, une famille en pleurs attend le fatal moment qui doit lui enlever un chef, un fils, un frère ; un pet, parti avec fracas du lit du moribond, suspend la douleur des assistants, fait naître une lueur d'espérance et excite au moins un sourire. Si, près d'un moribond, où tout ne respire que la tristesse, le pet peut égayer les esprits et dilater les cœurs, doutera-t-on du pouvoir de ses charmes ? En effet, étant susceptible de différentes modifications, il varie ses agréments et par là, il doit plaire généralement. Tantôt précipité dans sa sortie, impétueux dans son mouvement, il imite le fracas du canon et pour lors, il plaît à l'homme de guerre ; tantôt retardé dans sa course, gêné dans son passage par les deux hémisphères qui le compriment, il imite les instruments de musique. Bruyant quelquefois dans ses accords, souvent flexible et moelleux dans sa modulation, il doit plaire aux âmes sensibles, et presque à tous les hommes, parce qu'il en est peu qui n'aiment la musique.

Le pet étant agréable, son utilité, tant particulière que générale, étant bien démontrée, sa prétendue indécence combattue et détruite, qui pourra lui refuser son suffrage ? Qui osera désormais le taxer d'indécence, quand on le montre permis et approuvé en certains endroits, proscrit seulement en d'autres par les lois seules du préjugé ; quand on fait voir qu'il ne blesse ni la politesse ni les bonnes mœurs, parce qu'il ne frappe les organes que d'un son harmonieux, et qu'il n'afflige jamais l'odorat par une vapeur malfaisante. Pourrait-on même le regarder comme indifférent, puisqu'il est utile à chaque particulier, en dissipant ses inquiétudes sur les maladies qu'il craignait et en lui apportant de grands soulagements ? La société enfin serait-elle assez ingrate pour ne pas s'avouer redevable envers lui, lorsqu'il la débarrasse des importuns qui l'accablent et qu'il contribue à ses plaisirs, en faisant naître partout où il se trouve les ris et les jeux ? Ce qui est utile, agréable et honnête, est censé avoir une bonté et une valeur réelles.

Moyens de dissimuler un pet, en faveur de ceux qui tiennent au préjugé

Les Anciens, loin de blâmer les péteurs, encourageaient au contraire leurs disciples à ne point se gêner. Les stoïciens, dont la philosophie était la plus épurée dans ces temps-là, disaient que la devise des hommes était à la liberté, et les plus excellents philosophes, Cicéron lui-même, qui en étaient persuadés, préféraient la doctrine stoïque aux autres sectes qui traitaient de la félicité de la vie humaine.

Tous convainquirent leurs adversaires et par des arguments sans réplique, ils les obligèrent de reconnaître que parmi les préceptes salutaires de la vie, non seulement les pets, mais encore les rots, devaient être libres. On peut voir ces arguments dans la neuvième *Épître familière* de Cicéron, et l'on y verra, entre une infinité de bons conseils, celui-ci : qu'il faut faire et se conduire en tout selon que la nature l'exige. D'après de si excellents préceptes, il est donc inutile d'alléguer avec emphase les lois de la pudeur et de la civilité, qui, malgré les égards qu'on dit qu'elles exigent, ne doivent cependant pas l'emporter sur la conservation de la santé et celle de la vie même.

Mais enfin, si quelqu'un est tellement esclave de ce préjugé qu'il n'en puisse point rompre la chaîne, sans le dissuader de péter, lorsque la nature l'exigera, nous allons lui donner les moyens de dissimuler au moins son pet.

Qu'il observe donc, à l'instant que le pet se manifestera, de l'accompagner d'un vigoureux *hem, hem*. Si ses poumons ne sont pas assez forts, qu'il affecte un grand éternuement ; alors, il sera accueilli, fêté même de toute la compagnie et on le comblera de bénédictions. S'il est assez maladroit pour ne pouvoir faire ni l'un ni l'autre, qu'il crache bien fort ; qu'il remue fortement sa chaise ; enfin, qu'il fasse quelque bruit capable de couvrir son pet. Et s'il ne peut faire tout cela, qu'il serre les fesses bien fort ; il arrivera que, par la compression et le resserrement du grand muscle de l'anus, il convertira en femelle ce qui devait se manifester en mâle. Mais cette malheureuse finesse fera payer bien cher à l'odorat ce qu'elle épargnera à l'ouïe ; on tombera dans le cas de l'énigme suivante du *Mercure galant* de Boursault :

Je suis un invisible corps,
Qui de bas lieu tire mon être ;
Et je n'ose faire connaître,
Ni qui je suis, ni d'où je sors :
Quand on m'ôte la liberté,
Pour m'échapper, j'use d'adresse ;
Et deviens femelle traîtresse,
De mâle que j'aurais été.

Mais je ne puis dissimuler à mon tour que toutes les ruses tournent souvent au préjudice de celui qui les emploie et qu'il arrive fréquemment qu'on fasse rentrer dans ses flancs un ennemi qui les déchire impitoyablement. D'où résulteront tous les maux que nous avons détaillés plus haut.

Il peut encore arriver que, voulant se retenir, on commet un plus grand nombre d'incongruités, parce qu'alors on ne saurait supporter la douleur des tranchées et des coliques, et que les vents se présentant en foule, on lâche une canonnade risiblement épouvantable. C'est ce qui arriva à Aethon dont parle Martial, qui voulant saluer Jupiter et se baissant profondément selon la coutume des anciens, lâcha un pet qui fit trembler tout le Capitole.

Des signes des effets prochains des pets

On en compte de trois sortes : les apodictiques, les nécessaires et les probables.

Les signes apodictiques sont ceux dont la cause étant présente, annonce que l'effet ne tardera pas à se manifester. Ainsi un homme qui aura mangé des pois et d'autres légumes, des raisins, des figues nouvelles, qui aura bu du vin doux, caressé sa femme ou sa maîtresse, peut s'attendre à un signe prochain d'explosion. Les nécessaires, sont ceux où il résulte un second effet du premier, comme le tintamarre, la mauvaise odeur, etc. Enfin, les probables sont ceux qui ne se rencontrent pas toujours et n'accompagnent point ordinairement toutes les espèces de pets, comme la contraction, le bruit ou l'aboiement du ventre, la toux et les petites ruses de chaises, d'éternuement ou de trépignement de pieds, pour n'être pas reconnu péteur.

Il est bon de prévenir les jeunes gens et les vieillards, de s'accoutumer à ne point rougir lorsqu'ils péteront ; mais d'en rire les premiers, pour égayer la conversation.

On n'a point encore décidé si de péter en urinant est un effet malin ou bénin ; pour moi, je le crois bénin et me fonde sur l'axiome qui me paraît assez vrai, qui dit que : *Mingere cum bombis res est gratissima lumbis.* En effet, pisser sans péter, c'est aller à Dieppe sans voir la mer. Cependant il est ordinaire de pisser avant que de péter, parce que les vents aident à la première opération en comprimant la vessie et ils se manifestent ensuite.

Des remèdes et des moyens pour provoquer les pets. Problème. Question chimique. Esprit des pets pour les taches de rousseur

Comme il est des privations de tous genres et qu'un assez grand nombre de personnes ne pètent que rarement et difficilement, qu'il leur arrive par conséquent une infinité d'accidents et de maladies, j'ai pensé que je devais écrire pour eux et mettre en un petit chapitre réservé les remèdes et les moyens qui peuvent les exciter à rendre les vents qui les tourmentent. Je dirai donc en deux mots et en leur faveur, qu'il y a deux espèces de remèdes pour provoquer les vents : les internes et les externes.

Les remèdes internes sont l'anis, le fenouil, les zédoaires, enfin tous les carminatifs et les échauffants. Les remèdes externes sont les clystères et les suppositoires. Qu'ils fassent usage des uns et des autres, ils seront certainement soulagés.

On demande s'il y a analogie entre les sons ; si on peut les marier et en faire un ensemble d'une musique pétifique ? On demande aussi combien il y a de genres de pets par rapport à la différence du son ?

Quant à la première question, un musicien très célèbre répond du succès de la musique demandée et promet incessamment un concert dans ce genre. À l'égard de la seconde question, on répond qu'il y a soixante et deux sortes de sons parmi les pets. Car, selon Cardan, le podex peut produire et former quatre modes simples de pets, l'aigu, le grave, le réfléchi et le libre. De ces modes, il s'en forme cinquante-huit, qui, avec l'addition des quatre premiers, donne dans la prononciation soixante et deux sons ou espèces différentes de pets. Les compte qui voudra.

On demande s'il est possible en chimie de distiller un pet et d'en tirer la quintessence ? On répond affirmativement. Un apothicaire vient de reconnaître tout récemment que le pet était de la classe des esprits. Après avoir eu recours à son alambic, voici comme il procéda.

Il fit venir une hybernoise de son voisinage, qui mangeait en un repas autant de viande que six muletiers en mangeraient de Paris à Montpellier. Cette femme ruinée par son appétit et la chaleur de son foie, gagnait sa vie comme elle pouvait. Il lui servit des viandes autant qu'elle en voulut et qu'elle en put manger, avec force légumes venteux. Il lui prescrivit de ne point péter ni vesser sans l'avertir auparavant.

Aux approches des vents, il prit un de ces larges récipients tels qu'on les emploie pour faire l'huile de vitriol et l'appliqua exactement à son anus, l'excitant encore à péter par des carminatifs agréables, lui faisant boire de l'eau d'anis, et de toutes les liqueurs de sa boutique capables de répondre à son intention. L'opération se fit à souhait, c'est-à-dire très copieusement. Alors notre apothicaire prit une certaine substance huileuse ou balsamique dont j'ai oublié le nom, qu'il jeta dans le récipient et fit condenser le tout au soleil par circulation ; ce qui produisit une quintessence merveilleuse. Il s'imagina que quelques gouttes de ce résultat pourraient enlever les taches de rousseur de la peau ; il en essaya le lendemain sur le visage de madame son épouse, qui perdit sur le champ toutes ses taches et vit avec plaisir son teint blanchir à vue d'œil. On espère que les dames feront usage de ce spécifique et qu'elles feront la fortune de l'apothicaire, à qui on ne reprochera plus qu'il ne connaissait que la carte des Pays-Bas.

CONCLUSION

Quelques pets plaisants

Pour ne laisser rien à désirer sur l'art de péter, nous nous flattons qu'on trouvera ici avec plaisir la liste de quelques pets qui n'ont point été insérés dans le cours de cet ouvrage. On ne saurait prévoir tout, principalement dans cette matière peu battue et traitée pour la première fois. Ce n'a donc été qu'après des mémoires qu'on vient de nous envoyer tout récemment, que nous avons écrit ce qui suit. Nous commencerons par les pets provinciaux, pour faire honneur à la Province.

Pets de province

Des gens expérimentés nous assurent que ces pets ne sont pas si falsifiés que ceux de Paris, où l'on raffine sur tout. On ne les sert pas avec tant d'étalage ; mais ils sont naturels et ont un petit goût salin, semblable à celui des huîtres vertes. Ils réveillent agréablement l'appétit.

Pets de ménage

Nous apprenons d'après les remarques d'une grande ménagère de Pétersbourg, que ces sortes de pets sont d'un goût excellent dans leur primeur et que quand ils sont chauds, on les croque avec plaisir ; mais que dès qu'ils sont rassis, ils perdent leur saveur et ressemblent aux pilules qu'on ne prend que pour le besoin.

Pets de pucelle

On écrit de l'île des Amazones, que les pets qu'on y fait sont d'un goût délicieux et fort recherché. On dit qu'il n'y a que dans ce pays où l'on en trouve ; mais on n'en croit rien. Toutefois on avoue qu'ils sont extrêmement rares.

Pets de maîtres en fait d'armes

Les lettres du camp, près Constantinople, marquent que les pets des maîtres en fait d'armes sont terribles et qu'il ne fait pas bon de les sentir de trop près ; car comme ils sont toujours plastronnés, on dit qu'il ne faut les approcher que le fleuret à la main.

Pets de demoiselles

Ce sont des mets exquis, surtout dans les grandes villes où on les prend pour du croquet à la fleur d'orange.

Pets de jeunes filles

Quand ils sont mûrs, ils ont un petit goût de revas-y qui flatte les véritables connaisseurs.

Pets de femmes mariées

On aurait bien un long mémoire à transcrire sur ces pets ; mais on se contentera de la conclusion de l'auteur et l'on dira d'après lui « qu'ils n'ont de goût que pour les amants » et que « les maris n'en font pas d'ordinaire grand cas ».

Pets de bourgeoises

La bourgeoisie de Rouen et celle de Caen nous ont envoyé une longue adresse en forme de dissertation, sur la nature des pets de leurs femmes. Nous voudrions bien satisfaire l'une et l'autre, en transcrivant cette dissertation tout de son long ; mais les bornes que nous nous sommes prescrites nous le défendent. Nous dirons en général que le pet de bourgeoise est d'un assez bon fumet, lorsqu'il est bien dodu et proprement accommodé et que, faute d'autres, on peut très bien s'en contenter.

Pets de paysannes

Pour répondre à certains mauvais plaisants qui ont perdu de réputation les pets de paysannes, on écrit des environs d'Orléans qu'ils sont très beaux et très bien faits. Quoique accommodés à la villageoise, qu'ils sont encore de fort bon goût, et l'on assure les voyageurs que c'est un véritable morceau pour eux et qu'ils pourront les avaler en toute sûreté comme des gobets à la courte queue. Les bergères de la vallée de Tempé, en Thessalie, nous donnent avis que leurs pets ont le véritable fumet du pet, c'est-à-dire qu'ils sentent le sauvageon, parce qu'ils sont produits dans un terrain où il ne croît que des aromates, comme le serpolet, la marjolaine, et qu'elles entendent qu'on distingue leurs pets de ceux des autres bergères qui prennent naissance dans un terroir inculte. La marque distinctive qu'elles enseignent pour les reconnaître et n'y être pas trompé, c'est de faire ce que l'on fait aux lapins pour être sûrs qu'ils sont de garenne, flairer au moule.

Pets de vieilles

Le commerce de ces pets est si désagréable qu'on ne trouve point de marchand pour les négocier. On ne prétend pas pour cela empêcher personne d'y mettre le nez, le commerce est libre.

Pets de boulangers

Voici une petite note que nous avons reçue à ce sujet d'un Maître Boulanger du Havre. « L'effort, dit-il, que l'ouvrier fait en faisant sa pâte, le ventre serré contre le pétrin, rend les pets diphtongues : ils se tiennent quelquefois comme des panetons et on pourrait en avaler une douzaine tout d'une tire. » Cette remarque est des plus savantes et de fort bonne digestion.

Pets de potiers de terres

Quoiqu'ils soient faits autour, ils n'en sont pas meilleurs ; ils sont sales, puants et tiennent aux doigts. On ne peut les toucher, crainte de s'emberner.

Pets de tailleurs

Ils sont de bonne taille et ont un goût de prunes, mais les noyaux en sont à craindre.

Pets de géographes

Semblables à des girouettes, ils tournent à tous les vents. Quelquefois cependant, ils s'arrêtent du côté du Nord, ce qui les rend perfides.

Pets de laïs

On en trouve d'assez drôles ; leur goût est assez appétissant ; ils crient toujours famine en langue allemande, mais prenez-y garde, il y a bien de l'alliage. Si vous ne trouvez pas mieux, prenez-les au poinçon de Paris.

Pets de cocus

Il y en a de deux sortes. Les uns sont doux, affables, mous. Ce sont les pets des cocus volontaires : ils ne sont pas malfaisants. Les autres sont brusques, sans raison et furieux ; il faut s'en donner de garde. Ils ressemblent au limaçon, qui ne sort de sa coquille que les cornes les premières.

ÉPILOGUE

Histoire du prince Pet-en-l'Air et de la reine des Amazones. Où l'on voit l'origine des vidangeurs

Il y avait trois mille ans que le roi Pet-en-l'Air était en guerre avec la reine des Amazones, au sujet d'un fort que cette dernière lui redemandait. Les incursions qu'ils faisaient réciproquement sur leurs terres les chagrinaient beaucoup et ils en étaient fatigués. Enfin, ils résolurent de vider le différend par les moyens que voici.

Il fut arrêté que la reine enverrait une de ses sujettes, la plus vaillante qu'elle connaîtrait, et que Pet-en-l'Air choisirait de son côté le champion le plus courageux des siens pour se battre avec elle ; et que celui des deux qui remporterait la victoire, donnerait la possession du fort à son maître ou à sa maîtresse. Les deux partis nommèrent un expert commun pour juger du combat et le jour fut indiqué.

La députée arriva. Mais comme les hommes sont des traîtres, qui prennent plaisir à mortifier les femmes, Pet-en-l'Air fit une injure sanglante à la reine des Amazones dans la personne de l'héroïne qu'elle avait envoyée pour se battre en champ clos. Premièrement, il lui fit refuser l'entrée de la ville et signifier d'attendre à la porte. Secondement, il lui envoya son premier maître en fait d'armes, à qui il ordonna de paraître au cartel seulement avec son plastron et sans épée, suivi d'un de ses élèves armé d'un fleuret, et de lui montrer toujours le dos, en tournant autour d'elle. Troisièmement, il fit monter sur le fort contentieux, au bas duquel devait se faire le combat, plusieurs de ses sujets, avec ordre d'ôter les canons des créneaux et de présenter à la députée de la reine, dès qu'elle paraîtrait, chacun leur derrière. Ce qui fut exécuté de point en point.

Lors donc que l'héroïne parut, elle fut très surprise de trouver les portes fermées et de ne voir pour champions que deux hommes tels que je viens de le dire ; mais son indignation augmenta, lorsqu'elle aperçut l'attitude et le jeu du maître en fait d'armes et qu'elle vit la nouvelle espèce de canons qu'on lui présentait et qui tiraient comme ils devaient, et tant qu'ils pouvaient. Elle en grinça les dents de rage et de désespoir.

Mais comme la prudence des femmes et leur présence d'esprit les tire plus ordinairement d'affaire que les hommes, il lui vint en pensée un expédient qu'elle exécuta sur le champ. Elle feignit tout à coup de ne plus être choquée de l'insulte de Pet-en-l'Air et adressant la parole au maître en fait d'armes, à son élève et à l'expert, elle leur parla ainsi : « Je vois bien, mes amis, que Pet-en-l'Air votre maître veut se divertir, et qu'il profite du carnaval pour me donner un plat de son métier ; mais divertissons-nous aussi : cessons dès ce moment de nous regarder en ennemis et perdons l'envie de nous battre, puisqu'il paraît qu'il n'en est plus question. Voici un autre combat que je vous offre, ajouta-t-elle : escrimons en pétant et que celui qui pètera le plus galamment et le plus joliment, soit reconnu le vainqueur de l'autre ; monsieur l'expert jugera et le traité tiendra comme si, en effet, nous nous étions battus. »

Le maître en fait d'armes fit d'abord quelque difficulté ; mais comme l'Amazone était jolie, il se laissa persuader. On topa de part et d'autre et la convention fut signée réciproquement.

L'expert se plaça entre les parties. Chacun ayant pris son sérieux, on fit silence. Alors le maître en fait d'armes mit bas poliment ses culottes et lâcha le premier pet. Mais quel pet ! ah, quel pet ! c'était peut-être le plus effrayant et le plus pestiféré pet que quiconque eût jamais lâché et entendu. Son élève n'y put tenir et comme il durait encore, il fut obligé, pour le faire cesser, d'appliquer son fleuret à l'entrée du canal par où il continuait de sortir ; et Monsieur l'expert pâlissant de colère, recula dix pas et alla se placer derrière l'Amazone pour se mettre à couvert de l'infection.

L'héroïne indignée ne ménagea plus rien. Attends, dit-elle, cadavre retiré de la fange du Cocyte, je vais t'apprendre... Elle ne put achever et prenant une flèche, elle allait la lancer à son adversaire, quand elle-même fit un pet flûté qui s'épancha gracieusement sans odeur et avec des sons d'une mélodie enchanteresse. L'enthousiasme où entra alors l'expert et le cri aigu de joie qu'il poussa à la naissance de ce pet, tint le bras et la flèche de l'Amazone suspendus, et donna le temps au maître en fait d'armes de prendre la fuite. Aussitôt, on entendit dans les airs une voix qui dit distinctement : « La reine des Amazones est victorieuse ; ce pet est un pet de Pucelle. Expert, écris-le, afin qu'on s'en souvienne. » Il traça dans l'instant sur la terre le chiffre 1 et dit avec un grand hélas : « Voilà donc le premier ! » L'assemblée se sépara et l'Amazone reprit le chemin de son pays.

Pet-en-l'Air ne tarda point à être informé de cette merveilleuse aventure. Il se repentit de son impertinence mais il n'était plus temps. L'héroïne avait rendu compte à la Reine de cette insulte et vingt rois ses voisins, qui avaient été présents au récit qu'elle en avait fait, en furent si indignés, qu'ils se joignirent dès le lendemain aux Amazones et chassèrent Pet-en-l'Air de ses États. Ils en revêtirent la reine et après avoir fait remplir de pois les calibres insolents qui avaient paru sur les créneaux, ils les condamnèrent à vider toutes les fosses de commodités de cette partie du monde qu'habitent les Amazones et c'est de leurs enfants que nous avons des vidangeurs en France.

TABLE

Mise en page PCA
44400 Rezé

Imprimé à Barcelone par:
CPI Black Print
janvier 2023

Dépôt légal : septembre 2015

Imprimé en Espagne